みすゞ詩画集

夏

詩・金子みすゞ

画・栗原佳子

目次

すなの王国

わたしはいま
すなのお国の王様です。

お山と、谷と、野原と、川を
思うとおりにかえてゆきます。

おとぎばなしの王様だって
自分のお国のお山や川を、
こんなにかえはしないでしょう。

わたしはいま
ほんとにえらい王様です。

ひまわり
てまり花
ベニバナ
デルフィニュウム
風船かずら
よもぎ

つゆ

だれにもいわずにおきましょう。
朝のお庭のすみっこで、
花がほろりとないたこと。
もしもうわさがひろがって
はちのお耳へはいったら、

わるいことでもしたように、
みつをかえしにゆくでしょう。

ながいゆめ

デルフィニュウム
黄バナコスモス
バラ
マスタード
ノースポール

きょうも、きのうも、みんなゆめ、
去年、おととし、みんなゆめ。

ひょいとおめめがさめたなら、
かわい、二つの赤ちゃんで、
おっ母《か》ちゃんのおちちをさがしてる。

もしもそうなら、そうしたら、
それこそ、どんなにうれしかろ。

ながいこのゆめ、おぼえてて、
こんどこそ、いい子になりたいな。

なぞ

なぞなぞなァに、
たくさんあって、とれないもののなァに。
青い海の青い水、
それはすくえば青かない。

きんもくせい
バラ
バーベナ
風船かずら

なぞなぞなァに、
なんにもなくって、とれるものなァに。
夏の昼の小《ち》さい風、
それは、うちわですくえるよ。

海を歩く母さま

母さま、いやよ、
そこ、海なのよ。
ほら、ここ、港、
このいす、おふね、
これから出るの。
おふねに乗ってよ。

あら、あら、だァめ、
海んなか歩いちゃ、
あっぷあっぷしてよ。
母さま、ほんと、
わらってないで、
はよ、はよ、乗ってよ。

とうとう行っちゃった。
でも、でも、いいの、
うちの母さま、えらいの、
海、あるけるの。
えェらいな、
えェらいな。

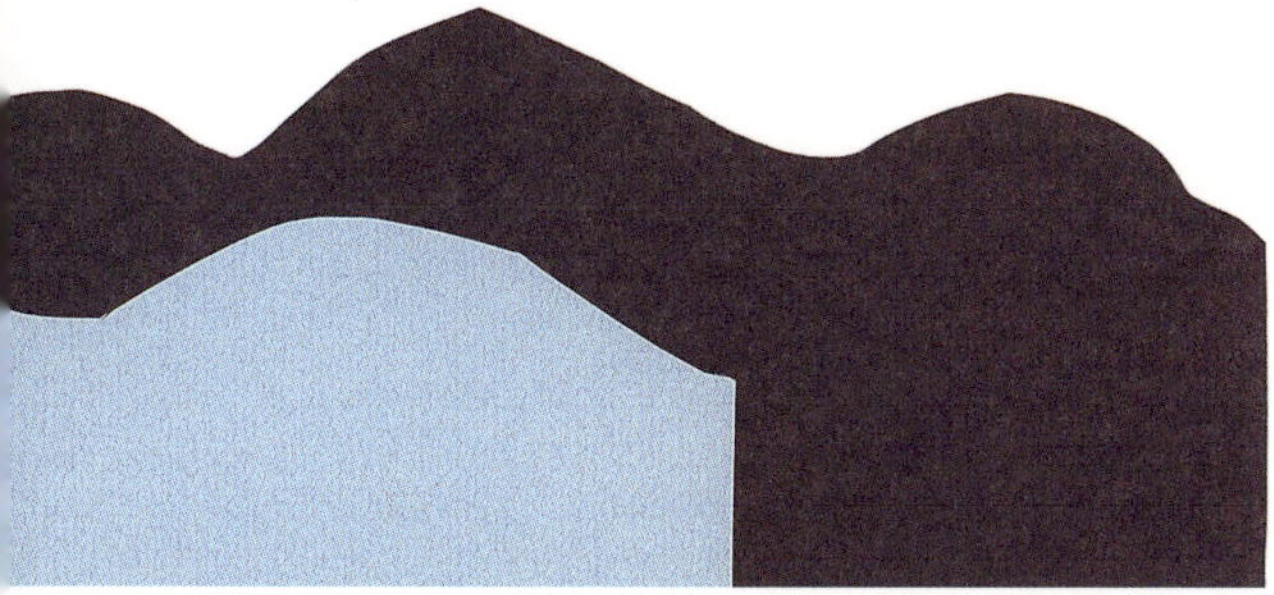

もういいの

桜草
デルフィニュウム
黄バナコスモス

――もういいの、
――まあだだよ。
びわの木の下と、
ぼたんのかげで、
かくれんぼうの子ども。

――もういいの、
――まあだだよ。
びわの木のえだと、
青い実のなかで、
小鳥と、びわと。

――もういいの、
――まあだだよ。
お空のそとと、
黒い土のなかで、
夏と、春と。

朝顔のつる

垣《かき》がひくうて
朝顔は、
どこへすがろと
さがしてる。

バラ
黄バナコスモス
はぜ
ピーピー豆
かに草

西もひがしも
みんなみて、
さがしあぐねて
かんがえる。

それでも
お日さまこいしゅうて、
きょうも一寸《いっすん》
またのびる。

のびろ、朝顔、
まっすぐに、
納屋《なや》のひさしが
もう近い。

海とかもめ

海は青いとおもってた、
かもめは白いと思ってた。

だのに、今見る、この海も、
かもめのはねも、ねずみ色。

みな知ってるとおもってた、
だけどもそれはうそでした。

空は青いと知ってます、
雪は白いと知ってます。

みんな見てます、知ってます、
けれどもそれもうそかしら。

ノースポール
くず
オンシジュウム
デルフィニュウム
桜
白妙菊

水すまし

黄バナコスモス
オレンジコスモス
デルフィニュウム

一つ水の輪《わ》、一つ消え、
三つまわれどみな消える。

水にななつの輪をかけば、
まほうはあわと消えよもの。

お池のぬしにとらわれの
いまのすがたは、水すまし。

きのうもきょうも、青い水、
雲は消えずにうつるけど、

一つ、二つ、と水の輪は、
一つあとから消えてゆく。

お魚

海の魚はかわいそう。

お米は人につくられる、
牛はまき場でかわれてる、
こいもお池でふをもらう。

けれども海のお魚は
なんにも世話にならないし
いたずら一つしないのに
こうしてわたしに食べられる。

ほんとに魚はかわいそう。

ノースポール
サンタンカ
ミモザ

となりの子ども

パンジー
風船かずら

そらまめむきむき
きいていりゃ、
となりの子どもが
しかられる。

のぞいてみようか、
悪かろか、
そらまめにぎって
出てみたが、
そらまめにぎって
またもどる。

どんなおいたを
したんだろ、
となりの子どもは
しかられる。

やぶかのうた

ブーン、ブン、
木かげにみつけた、うば車、
ねんねの赤ちゃん、かわいいな、
ちょいとキスしよ、ほっぺたに。

アーン、アン、
おやおや、赤ちゃんなき出した、
お守りどこ行《い》た、花つみか、
とんでってつげましょ、耳のはた。

パーン、パン、
どっこい、あぶない、おおこわい、
いきなりぶたれた、てのひらだ、
命、ひろうたぞ、やあれ、やれ。

ギョリュウバイ
風船かずら
梅鉢草
バラ
黄バナコスモス
オレンジコスモス

ブーン、ブン、
やぶのお家は暗いけど、
やっぱりお家へかえろかな、
かえって、母さんとねようかな。

いそがしい空

あじさい
山あじさい
ビオラ
芥子の実

今夜はお空がいそがしい、
雲がどんどとかけてゆく。

半かけお月さんとぶつかって、
それでも知らずにかけてゆく。

子雲がうろうろ、じゃまっけだ、
あとから大雲、おっかける。

半かけお月さんも雲のなか、
すりぬけ、すりぬけ、かけてゆく。

今夜はお空がいそがしい、
ほんとに、ほんとに、いそがしい。

月日貝

西のお空は
あかね色、
あかいお日さま
海のなか。

パンジー
よもぎ
花ウド
カラムシ草

東のお空
真珠《しんじゅ》いろ、
まるい、黄色い
お月さま。

日ぐれに落ちた
お日さまと、
夜あけにしずむ
お月さま、
逢《お》うたは深い
海のそこ。

ある日
漁夫《りょうし》にひろわれた、
赤とうす黄の
月日貝。

土

こッつん　こッつん
ぶたれる土は
よいはたけになって
よい麦生むよ。

朝からばんまで
ふまれる土は
よいみちになって
車を通すよ。

ぶたれぬ土は
ふまれぬ土は
いらない土か。

いえいえそれは
名のない草の
おやどをするよ

お日さん、雨さん

パンジー
バラ
つめきり草
苔
カモマイル
なす
椿

ほこりのついた
しば草を
雨さんあらって
くれました。

あらってぬれた
しば草を
お日さんほして
くれました。

こうしてわたしが
ねころんで
空をみるのに
よいように。

わたし

どこにだってわたしがいるの、
わたしのほかに、わたしがいるの。

通りじゃ店の硝子《ガラス》のなかに、
うちへ帰れば時計のなかに。

お台所じゃおぼんにいるし、
雨のふる日は、路《みち》にまでいるの。

けれどもなぜか、いつ見ても、
お空にゃ決していないのよ。

たもと

朝顔
きんもくせい
バーベナ
忘れな草

たもとのゆかたは
うれしいな
よそゆきみたいな気がするよ。

夕がおの
花の明るい背戸《せど》へ出て
そっとおどりのまねをする。

とん、と、たたいて、手を入れて
たれか来たか、と、ちょいと見る。

あいのにおいの新しい
ゆかたのたもとは
うれしいな。

はだし

土がくろくて、ぬれていて、
はだしの足がきれいだな。
名まえも知らぬねえさんが、
はなおはすげてくれたけど。

水と影《かげ》

お空のかげは、
水のなかにいっぱい。

お空のふちに、
木立ちもうつる、
野ばらもうつる。
　水はすなお、
なんのかげもうつす。

水のかげは、
木立ちのしげみにちらちらちら。

明るいかげよ、
すずしいかげよ、
ゆれてるかげよ。
　水はつつましい、
自分のかげは小さい。

弁《べん》天《てん》島《じま》

「あまりかわいい島だから
ここにはおしい島だから、
もらってゆくよ、つなつけて。」

北のお国のふなのりが、
ある日、わらっていいました。

うそだ、うそだと思っても、
夜が暗《くろ》うて、気になって、

朝はおむねもどきどきと、
かけてはまべへゆきました。

弁天島は波のうえ、
金のひかりにつつまれて、
もとの緑でありました。

もくせいの灯

お部屋にあかい灯《ひ》がつくと、
硝子《ガラス》のそとの、もくせいの、
しげみのなかにも灯がつくの、
ここのとおんなじ灯がつくの。

夜ふけてみんながねねしたら、
葉っぱはあの灯をなかにして、
みんなでわらって話すのよ、
みんなでおうたもうたうのよ。

ちょうど、こうしてわたしらが、
ごはんのあとでするように。

まどかけしめよ、やすみましょ。
みんなが起きているうちは、
葉っぱはお話できぬから。

つばめ

サンタンカ
バーベナ
カラムシ草
つめきり草
タチフロウ

つういとつばめがとんだので、
つられてみたよ、夕空を。

そしてお空にみつけたよ、
くちべにほどの、夕やけを。

そしてそれから思ったよ、
町へつばめが来たことを。

光のかご

わたしはいまね、小鳥なの。

夏の木のかげ、光のかごに、
みえないだれかにかわれてて、
知っているだけうたうたう、
わたしはかわいい小鳥なの。

光のかごはやぶれるの、
ぱっとはねさえひろげたら。

だけどわたしは、おとなしく、
かごにかわれてうたってる、
心やさしい小鳥なの。

バーベナ
レースフラワー
風船かずら
ベラドンナ

帆《ほ》

オレンジコスモス
黄バナコスモス
デルフィニュウム

港に着いたふねのほは、
みんな古びて黒いのに、
はるかのおきをゆくふねは、
光りかがやく白いほばかり。

はるかのおきの、あのふねは、
いつも、港へつかないで、
海とお空のさかいめばかり、
はるか遠く行くんだよ。

かがやきながら、行くんだよ。

あとがき

「きれいなお花を残しておきたい」そんな軽い気持ちではじめた押し花でしたが、気がつくと、私の心に一息入れる大切な時間となり、いつのまにか仕事になっていました。

その押し花を通して、いったい何人の方にお会いしただろうかと思い出すと、展示会や一日講習などで、来てくださった方、テレビや雑誌の方、また各地にたくさんいらっしゃる押し花愛好家の方々、などと、数え切れない人々と、押し花が私を結びつけてくれました。悲しいけれど、その場限りの人がほとんどなのですが、何人かは、今でもとても良い友人になっていたり、お花見に出かける友だったりします。

金子みすゞさんの詩に押し花をつけた詩画集も「花」「春」「夏」という具合に、無事に3作目を迎えました。詩画集を発売することによって、今度は、みすゞさんの詩がいろんな人との出会いを連れてきてくれました。地元の山口県・長門のみすゞさんの詩を守っていこうとする人たち、みすゞさんの詩のファンの人たち、みすゞさんの詩に感動して全国で朗読活動をする人、……みすゞさんを中心に、大きな人の和ができました。すばらしい人たちと、私を会わせてくれた、尊敬するみすゞさんに大きな感謝をいたします。

そして何よりも、この本をお買い上げくださった貴方様にも、感謝いたします。どうもありがとうございました。いつの日か、みすゞさんのファン同士として、お会いできることを楽しみにしています。

栗原佳子

金子みすゞ《かねこ・みすゞ》

明治36年山口県生まれ。

大正末期より雑誌「童話」「赤い鳥」等に詩を発表。西條八十に詩の才能を高く評価されるが、昭和5年、26歳で自ら命を閉じる。近年、埋もれていた遺稿が発見され、全集等々が出版、「みすゞブーム」がおこる。

栗原佳子《くりはら・よしこ》

山口県生まれ。

全国各地の教室で押し花、フラワーデザイン、テーブルコーディネートなどを教えている。

一九九八年、テレビチャンピオン全国押し花選手権で初代チャンピオンになる。

全国押し花コンクール人気大賞、世界押し花展銀賞、など数々の賞を受賞。

主な著書『押し花ランド』（大月書店刊）『みすゞ詩画集 花』『みすゞ詩画集 春』（春陽堂書店刊）『栗原佳子の早押し花』（家の光協会刊）『メルヘン押し花』（ブティック社刊）『かんたんガーデン押し花』（婦人生活社刊）

http://www2.odn.ne.jp/~aaf26040

みすゞ詩画集

夏

平成十三年七月二十五日　初版発行
平成十九年三月二十五日　五刷発行

著　者　金子みすゞ［詩］
　　　　栗原　佳子［画］
デザイン　山口　桃志

発行者　和田佐知子
発行所　株式会社　春陽堂書店
東京都中央区日本橋三―四―十六
電　話　〇三（三八一五）一六六六
印刷製本　有限会社　ラン印刷社

本書収録の詩は、金子みすゞ童謡集「わたしと小鳥とすずと」「明るいほうへ」「このみちをゆこうよ」（JULA出版局刊）によりました。

ISBN4-394-90191-X C0071